LA MORT

DU

PRÉSIDENT LINCOLN

POËME

PRÉCÉDÉ D'UNE NOTICE HISTORIQUE

PAR Charles DUNAND

INSTITUTEUR

PRIX : 50 CENTIMES

SENS

CHEZ L'AUTEUR

1868

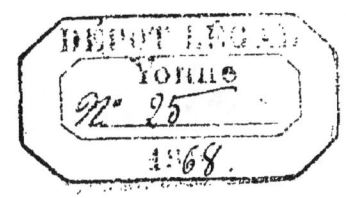

LA MORT

DU

PRÉSIDENT LINCOLN

POÉME

PRÉCÉDÉ D'UNE NOTICE HISTORIQUE

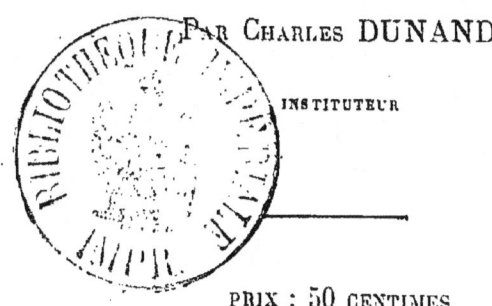

PAR CHARLES DUNAND

INSTITUTEUR

PRIX : 50 CENTIMES

SENS

CHEZ L'AUTEUR

1868

SENS. — IMPRIMERIE DE CH. DUCHEMIN, RUE ROYALE.

NOTICE HISTORIQUE

SUR

ABRAHAM LINCOLN

———

Avant de nous livrer au plaisir de notre composition poétique, nous avons cru, pour l'intelligence du lecteur, devoir placer sous ses yeux ces quelques lignes que nous extrayons de la biographie de ce grand homme d'Etat, de ce citoyen éminent poursuivant une grande idée, une idée libérale, et pour laquelle il a été la victime sanglante.

Abraham Lincoln est né le 12 février 1809, d'une famille de pauvres cultivateurs. Il avait cinquante et un ans lors de son élection à la présidence des Etats-Unis d'Amérique.

Le jeune Abraham, n'ayant reçu aucune instruction, fut obligé de se faire ouvrier pour gagner sa vie, il devint même bûcheron et portefaix. Lincoln travaillait beaucoup et cela avec une ardeur admirable. Quand il se voyait un ou deux dollars dans sa poche, vite il courait s'acheter des livres ; sa journée finie, il se livrait à l'étude, car l'étude avait pour lui un charme presque divin.

Plus tard, alors qu'il eut réalisé quelques petites écono-
mies, il s'établit épicier, et le soir, sa boutique fermée, il
instruisait les jeunes gens moins savants que lui ; c'était
déjà là le prélude de sa future autorité. Enfin, à l'aide
d'un pécule péniblement amassé, il devint fermier. On
comprend qu'à ce nouveau poste ses travaux agricoles ne
lui laissaient plus de temps pour l'étude. C'était une grande
privation pour son caractère studieux.

Aussi quitte-t-il sa ferme pour la jurisprudence, qu'il
avait approfondie étant chez un légiste. Dès lors son éner-
gie, appuyée sur un talent solide, s'affirme pour tous.
Homme de loi, il se gagne bien vite une clientèle sérieuse,
sûre de son honnêteté, et séduite par la douceur de son
aimable et charmant caractère.

En 1860, il lutte contre M. Seward et le général Frémont
pour la présidence à laquelle il est élu après un ballottage
de scrutin. Voilà donc cet honnête citoyen, sorti du rang
le plus humble, élevé à la première dignité des Etats-Unis.

Lincoln était le candidat du parti républicain et des abo-
litionnistes ; le jour de son élection, il y avait quatre millions de noirs que l'on vendait à l'encan pour quelques
dollars, comme on vend une bête de somme en plein marché.

Les Sudistes, voyant d'un œil jaloux le triomphe électo-
ral de Lincoln, et sachant qu'il voulait abolir l'esclavage,
se séparèrent de l'Union le lendemain même de son élection, et choisirent pour leur exécutif Jefferson Davis, il-
lustration militaire. C'est alors qu'éclata entre le Nord et
le Sud cette grande guerre fratricide qui a coûté tant d'ar-
gent et tant de sang.

Le 4 mars 1861, Abraham Lincoln inaugure sa présidence par un discours d'appel à la modération et à la conciliation des partis.

Déjà le sang coule sur les champs de bataille, et le président Lincoln, voyant la constitution violée, se rappelle son serment de la faire respecter. Il demande 75,000 hommes pour étouffer la rébellion. C'est dans cette lutte sanglante que s'établit la grande réputation d'Abraham ; il désigne les généraux qui doivent commander son armée : dirige les affaires, les défend législativement et bouleverse l'art de la guerre maritime en construisant et lançant ses monitors. Il diplomatise en politique consommé ; il protége les intérêts de chacun, et bat monnaie avec un succès qui atteste la mutuelle confiance du peuple et du président dans leur patriotisme commun.

Le gouvernement insurrectionnel s'est transféré à Richmond ; Lincoln, voyant que la guerre prend des proportions gigantesques, demande 400,000 hommes et 400 millions de dollars, afin de pouvoir triompher des rebelles. Le président compte sur le Tout-Puissant, qu'il invoque dans toutes ses proclamations.

Apprend-il la défaite des siens ; loin de s'en décourager, il redouble d'ardeur et d'activité ; il sait que le droit est pour lui. Enfin, après avoir mis en ligne une armée de 500,000 hommes, sous les ordres du général Grant, il espère, cette fois, sortir triomphant de la lutte.

Grant attaque Lee avec 90,000 hommes dans le fourré de Wildernesse ; pendant six jours de combat, les généraux font des prodiges d'intelligence, les soldats des miracles de courage, le carnage est affreux, et pas un pouce de terrain n'est gagné d'aucun côté.

Cependant le soleil de la victoire se lève radieux pour le Nord. En effet, les 29, 30 et 31 mars, Grant force toutes les lignes de son adversaire, et le lendemain il entre en triomphateur dans Richmond.

Le général sudiste, battu sur tous les points, dépose les armes, persuadé que la cause du Sud est perdue. Lincoln, triomphant, voit déjà luire la réconciliation et la fin de l'esclavage ; il ne parle plus que de paix, de liberté et de concorde ; il va pouvoir élever la dignité de l'homme, c'est-à-dire affranchir ces pauvres noirs du joug de l'esclavage, et se faire applaudir par le monde entier.

Hélas ! la destinée de l'homme est capricieuse ! elle nous dit de ne compter sur rien. Lincoln ne devait réaliser aucun de ses rêves ! Sa joie si pure, si légitime, fut de courte durée. Le Tout-Puissant, qu'il aimait à invoquer, l'a enlevé à sa famille, à ses amis, à son peuple, à l'univers qui l'admirait.

Ce grand citoyen, assassiné le 14 avril, dans sa loge au théâtre de Washington, est mort le 15 au matin ; ce fut une perte bien douloureuse ! Lincoln était un homme privilégié, car la nature lui avait donné le talent, la sagesse, la bonté, afin que parti d'une condition obscure, il pût, par son mérite, s'élever au faîte du pouvoir.

Madame Lincoln était à côté de lui dans sa loge. C'est vers dix heures du soir que la détonation d'une arme à feu retentit dans la salle. Au même instant le meurtrier, brandissant un poignard, saute sur la scène en s'écriant : *Le Sud est vengé*, et il disparut.

Le corps de la victime a été embaumé et placé dans un cercueil avec cette simple et modeste inscription : *Abra-*

ham Lincoln, *seizième président des Etats-Unis, né le 12 février* 1809, *mort le* 15 *avril* 1865. Ses funérailles ont eu lieu au milieu d'une foule considérable en pleurs. La perte d'un grand homme, d'un citoyen libéral, ne saurait être trop pleurée. Mais ces regrets, le peuple américain doit les justifier en continuant la sage politique de Lincoln.

Et maintenant, mon cher lecteur, en présence de cet humble tombeau, ne sentez-vous pas dans le fond de votre âme un sentiment de vénération pour le grand citoyen qui prit pour règle de conduite la justice et l'humanité? Et vous, monarques puissants, dans ce martyr de la liberté, n'y trouvez-vous pas un grand exemple d'héroïsme, un modèle accompli d'abnégation, de patriotisme et de dévouement sans bornes ? Allez vous prosterner sur cette tombe; allez vous inspirer de cette ombre populaire qui fera longtemps encore l'orgueil de l'Amérique. Lincoln n'eut ni le sceptre, ni le manteau royal ; mais il portait dans son généreux cœur l'amour de son peuple et le désir de le voir vivre heureux avec la paix, l'ordre et la liberté.

CHARLES DUNAND.

Au moment de la mise sous presse, nous recevons, du ministère des Beaux-Arts, une lettre que nous a value notre ouvrage intitulé *Jeanne d'Arc*, drame en cinq actes et en vers.

A M. Charles Dunand, auteur dramatique, à Sens.

MONSIEUR,

Je m'empresse de vous annoncer que, sur ma proposition, une somme de cent francs vient de vous être accordée, à titre d'encouragement, par Son Excellence le maréchal ministre de la maison de l'Empereur et des beaux-arts.

Agréez, Monsieur, l'assurance de ma considération distinguée.

Le Directeur général de l'administration des théâtres,

CAMILLE DOUCET.

Palais des Tuileries, le 22 février 1868.

LA MORT

DU PRÉSIDENT LINCOLN

Né de parents obscurs, mais bercé dès l'enfance
Par la main du génie et par la Providence,
Lincoln, enfant du peuple et de la pauvreté,
Sentit naître en son sein l'esprit de liberté ;
Et ce divin flambeau, si cher à sa patrie.
Cette lueur sacrée et toujours si chérie,
Tout en illuminant son jeune et large front,
Fit bientôt d'Abraham un légiste profond.
Mais avant d'arriver à la magistrature,
Avant d'avoir les yeux sur sa grandeur future
Lincoln fut bûcheron !... Ah ! ce sage ouvrier
A l'étude des lois se livrait tout entier.
Que de fois, dérobant des heures fugitives,
Ne s'est-il pas donné des leçons instructives,

*

Et c'est en travaillant que ce grand citoyen
S'inspirait sagement du pur amour du bien.
Il s'éclairait sur tout, sur les arts, l'industrie,
Les sciences, l'histoire et la philosophie ;
Et, marchant à grands pas de progrès en progrès,
Son cœur s'applaudissait de ses brillants succès.

Enfin Lincoln est homme, et son nom populaire
Plane majestueux au-dessus du vulgaire.
C'est l'homme de génie et de profond savoir,
C'est un autre Franklin tout rayonnant d'espoir ;
Et jamais Périclès, encor cher à la Grèce,
Ne fut plus dévoué ni plus grand en sagesse.
Ce digne citoyen, au cœur né généreux,
Du peuple américain a su fixer les yeux ;
Et ce peuple éclairé sur son sens politique
Le proclame au scrutin chef de la République.
Lincoln est président et prend place au fauteuil.

Déjà dans Washington, sans faste, sans orgueil,
Il gouverne, il dirige, et, par sa renommée,
Sait se faire applaudir par le peuple et l'armée.

« Concitoyens, dit-il, je viens donc en ce jour

« De mes vastes projets vous parler sans détour :

« Soyons unis de cœur et vivons en bons frères ;

« Vivons de cet amour dont ont vécu nos pères ;

« La concorde entre nous, objet de tous mes vœux,

« De la fraternité peut resserrer les nœuds.

« Travaillons avec zèle au bien de la patrie ;

« Encourageons les arts, protégeons l'industrie,

« Et chérissant la paix, aimant la liberté,

« Nous grandirons encor dans la prospérité.

« Mais il est dans mon âme une féconde idée

« Qui pour l'humanité m'est enfin commandée ;

« Prêtez-moi votre appui ; je l'invoque en ces lieux,

« Pour accomplir ensemble un acte généreux.

« Eh quoi ! vous le savez, une loi sacrilége,

« Dont l'Amérique seule a le vain privilége,

« Retient depuis longtemps, aux yeux de l'univers,

« Le malheureux esclave attaché par ses fers !...

« On se vend pour de l'or cette humble créature.

« N'est-ce pas outrager les lois de la nature !

« Eh bien ! oui, citoyens, jaloux de nos devoirs,

« Nous allons proclamer la liberté des noirs,

« Et moi-même au Congrès, par mon premier message,

« J'abolis pour toujours le joug de l'esclavage. »

Mais quoi ! de la révolte, et vite, sans retard,

Le Sud esclavagiste arbore l'étendard,

Nomme son président, se gouverne lui-même,

Méconnaît de Lincoln l'autorité suprême ;

Puis, de ses bataillons rassemblant les soldats,

Marche contre le Nord par de sanglants combats...

Mais Lincoln est debout ! .. Lincoln, qui du sudiste

A flétri sans pitié l'intérêt égoïste,

Jette sur le parjure un regard plein de feu,

En invoquant l'appui de son peuple et son Dieu ;

Et, ce Dieu, qui l'entend de son trône empyrée,

Lui répond par ma voix : « Oui, ta cause est sacrée,

« O Lincoln !... Tu l'as dit, l'esclavage, à mes yeux,

« Dans une république est un fait monstrueux.

« Faut-il que tant de noirs, travaillant sans murmure,

« Sous la main d'un planteur, sous une loi si dure,

« Se voient longtemps encore asservis par les blancs !

« Non, non, ces pauvres noirs sont aussi mes enfants,

« Et de les affranchir de l'état d'esclavage

« C'est rendre à la justice un éclatant hommage.

« Va, poursuis ton idée, et, ferme dans ta foi,

« Songe que le destin s'est prononcé pour toi.

« Oui, marche ; ne crains rien ; c'est ma main qui te guide.

« Ah ! cette grande guerre, injuste et fratricide,

« Sera par tes guerriers, et par ma volonté,

« Etouffée en quatre ans aux cris de liberté ! »

Ah ! cette voix d'en haut, jusqu'à lui descendue ,

Cette voix, que son âme a si bien entendue,

Vient embraser son cœur d'un rayon plein d'espoir !...

« Non, dit-il, rien ne peut ébranler mon pouvoir. »

Oui, certain que sa cause est sainte et légitime,

Certain que Jefferson s'est armé pour le crime,

Lincoln, le front levé, dit à ses généraux :

« Je remets en vos mains nos immortels drapeaux,

« Faites-les triompher ; marchez contre l'infâme,

« Et que l'honneur de vaincre en ce jour vous enflamme.

« Partez, nobles guerriers, combattez pour nos droits,

« Et que bientôt le Sud, honteux de vos exploits,

« Dépose en frémissant ses armes fratricides,

« Et reconnaisse en vous des héros intrépides. »

Déjà le canon tonne !... On voit de tous côtés

Fuir les soldats du Sud à pas précipités...

Mais le Nord, à son tour, refoulé dans la plaine,

Voit, malgré sa valeur, la victoire incertaine.

Le général sudiste, en déjouant ses plans,

A porté l'épouvante et la mort dans ses rangs.

La guerre a ses revers, ses succès et sa gloire ;

Mais que de sang versé pour prix de la victoire !

Que de morts, de mourants et de pauvres blessés

Jonchent le sol tremblant, par centaine entassés !...

Eh bien ! loin de pâlir à l'aspect du carnage,

Lincoln redouble encor d'audace et de courage,

Se recueille en silence avec le Tout-Puissant,

Puis, relevant la tête, et d'un air triomphant,

Il s'écrie : « En avant ! il faut que le perfide

« Arrose de son sang cette guerre homicide :

« Marchons donc en vainqueurs, et le fer à la main,

« Combattons sous le feu du formidable airain,

« Et sans craindre la mort, sans trembler pour sa vie,

« Jurons, sur notre honneur, de sauver la patrie. »

Il dit, et de ce jour, monitors cuirassés,

Généraux et soldats au combat élancés,

A travers mille morts, et couverts de fumée,

Du Sud esclavagiste ont culbuté l'armée!...

C'en est fait ; ce grand coup, ce coup qui l'a frappé

Reprend à Jefferson son pouvoir usurpé.

O Lincoln ! Washington, d'immortelle mémoire,

Se réveille en sa tombe et te voit plein de gloire,

Admire tes vertus, reconnaît la grandeur

De tes vastes desseins et de ton noble cœur !...

Et toi, fier général, si ta valeur guerrière

Sous les murs de Richmond illustre ta carrière,

Toi, Grant, toi, le héros, le chef de nos guerriers,

Songe que l'Union bénira tes lauriers !...

Fier d'un si beau triomphe, et, dans sa modestie,

Lincoln au Sud vaincu tend une main amie,

L'invite à la concorde, et, dans ce jour si beau,

Espère de la paix rallumer le flambeau.

Mais, dit-il, il n'est point de succès sans mélange :

Ces morts, percés de coups et couchés dans la fange,

Ce tableau désolant, objet de nos douleurs,

Voit la patrie en deuil et fait couler ses pleurs.

Entendez-vous les cris de cette pauvre mère ?

Elle n'avait qu'un fils, soutien de sa misère,

Et cet enfant chéri, l'espoir de ses vieux jours,

Sous le plomb meurtrier est tombé pour toujours.

O fortune ! ô revers ! ces pertes déplorables
De tant de citoyens ne sont point réparables !
La guerre est un fléau funeste au genre humain.
Eh bien ! vivons en paix et tendons-nous la main.
Enfants d'un même Dieu, pourquoi donc nous détruire,
Quand sa divine loi peut si bien nous instruire ?
Quand, vivant parmi nous, ce Dieu de charité
Nous prêchait la concorde et la fraternité.
« Cessez, nous disait-il, vos luttes et vos guerres ;
« Ayez horreur du sang et vivez en bons frères. »

Enfin, du haut des cieux et dans sa majesté,
Le soleil de la paix et de la liberté,
Parcourant, dans sa gloire, un beau ciel sans nuage,
Présage au Nord vainqueur la fin de l'esclavage ;
Et Lincoln, respirant, après ces longs combats,
Rappelle à l'Union ses malheureux Etats :
« La guerre, leur dit-il, en malheurs trop féconde,
« Fut toujours un grand crime aux yeux du nouveau monde ;
« Nos liens fraternels, que rien ne peut briser ;
« Nos intérêts communs, qu'on ne peut diviser ;
« Notre sol, notre langue et notre politique
« Ne font chez nous qu'un peuple et qu'une république.

« Rentrez dans l'Union ; mais surtout qu'à ma voix

« Vous sachiez obéir et respecter mes lois.

« Je vous ouvre mon cœur, mon âme tout entière :

« La paix, la liberté, voilà notre bannière. »

Mais Abraham Lincoln verra-t-il, sous ses plis,

Ses rêves, ses desseins et ses vœux accomplis ?

Hélas ! comme une épouse à l'autel d'hyménée,

Il ne saurait prévoir sa triste destinée !

Il marche vers son but... Mais Dieu seul en ses mains

Tient le vaste univers et le sort des humains.

Eh quoi ! d'où me vient donc cette triste pensée ?

Je crois que de Lincoln la vie est menacée !

Lui, si grand par le cœur, si cher à son pays ;

Lui qui vit au milieu d'un vrai peuple d'amis,

Lui dont l'âme est si noble et si pure et si belle,

Tomberait sous les coups d'une main criminelle ;

Lincoln verrait, pour prix de ses efforts heureux;

Répandre lâchement son sang si précieux !

Non, non, le juste ciel, dans sa bonté sublime,

Des coups du meurtrier sauverait la victime !

Que dis-je ! mon espoir est un espoir trompeur ;

Une secrète voix vient parler à mon cœur ;

Me dit qu'un misérable, en proie à sa démence,

N'attend que le moment d'assouvir sa vengeance ;

Que sa main, qui jamais ne sut rien épargner,

Dans son généreux sang doit un jour se baigner.

Ah ! notre courte vie est un triste passage

Où l'homme, chaque jour, tourmenté par l'orage,

Après avoir vogué quelque temps loin du port,

Se heurte au promontoire et va trouver la mort !

Mais Lincoln, naviguant sur son navire à voile,

Dans un beau ciel d'azur voit briller son étoile ;

Et, comme un matelot, qu'un doux zéphyr conduit,

Voit poindre à l'horizon l'heureux but qu'il poursuit :

Plus de combats sanglants, plus d'obstacles à vaincre,

Rien, non rien ne s'oppose au but qu'il veut atteindre.

Mais hélas ! cet espoir, ce charme, ce bonheur,

Viendrait-il préluder à quelque grand malheur ;

Verrions-nous sous nos yeux, ce fou, ce misérable,

Commettre sur Lincoln un crime épouvantable,

Et dire, dans sa rage, au peuple consterné :

« Voilà votre despote ; il est assassiné ! »

O ciel ! sa destinée au théâtre l'appelle ;

Oui, c'est là que l'attend une main criminelle :

Le peuple, à son aspect, ce peuple généreux,

Le couvre au même instant d'un accueil chaleureux,

Et ce touchant accueil, qu'il reçoit dans sa loge,

De Lincoln triomphant est le plus bel éloge.

Son épouse avec lui, respirant la gaieté,

Se montre douce, affable et pleine de bonté.

Le charme de ses yeux, animant son visage,

La présente au public à la fleur de son âge.

Silence !... l'acteur parle, et son air sérieux

De la loge au parterre a fixé tous les yeux.

« Eh bien ! dit-il, eh bien ! le mari qu'on offense

« Dans le sang d'un rival doit tirer sa vengeance ;

« Et c'est aujourd'hui même, et sans rien retarder,

« Que ferme, résolu, je le vais poignarder. »

Lincoln, à ce discours que la colère enflamme,

Croit ressentir l'acier qui traverse son âme.

Hélas ! un autre acteur, dans sa témérité,

Va passer du fictif à la réalité !

Déjà ce malheureux, ce meurtrier perfide,

Dans un recoin caché tient son arme homicide,

Et, plus prompt qu'un éclair, ce monstre furieux
S'élance sur Lincoln et le frappe à nos yeux.
La salle en retentit, et le lâche s'écrie :
« Dans le sang du tyran j'ai vengé ma patrie ! »

Du plus grand citoyen tel fut le triste sort !
Ah ! le S.id oppresseur est l'auteur de sa mort !...
On s'empresse, on accourt !... la victime expirante,
La tête mutilée et de sang ruisselante,
Malgré nos prompts secours et nos soins superflus,
Expire dans nos bras !... Hélas ! Lincoln n'est plus !
Son épouse éplorée, en proie à ses alarmes,
De douleur éperdue, et les yeux tout en larmes,
Tremblante, désolée, en ces lieux pleins d'horreur
Ne soutient qu'en pleurant l'aspect de son malheur.
« Cher époux, lui dit-elle en sa douleur extrême,
« Est-ce donc là le fruit de ton pouvoir suprême ?
« Quel crime as-tu commis, pour qu'un vil assassin
« Vienne accomplir sur toi son criminel dessein ?
« N'aimais-tu pas ton peuple en homme populaire ?
« O ciel ! je ne tiens plus que d'un fil à la terre !
« Et toi, grand scélérat, fuis ; ton front criminel
« Est marqué pour toujours de l'opprobre éternel !

De cet affreux malheur la nouvelle semée
A glacé d'épouvante et le peuple et l'armée.
Ah ! l'Amérique en deuil de son grand citoyen
A perdu, dans Lincoln, son plus ferme soutien !
Et ce malheur public, funeste à sa patrie,
A porté la douleur dans notre âme attendrie !
Quoi ! cet homme de bien est mort assassiné !
Lui qui de notre amour était environné !
Quoi ! sceller de son sang sa juste et noble cause !
Ah ! la mort du martyr est une apothéose !
Oui, mourir pour le droit et pour la liberté,
C'est voler au séjour de l'immortalité,
C'est laisser un grand nom comme un saint héritage.
Eh bien! oui, cher Lincoln, tes vertus, ton courage,
Qu'admirent dès longtemps tant de peuples divers,
Seront bénis du ciel jusqu'au delà des mers.

Hélas ! combien d'amis vont pleurer sur ta cendre !
Combien voudraient encore et te voir et t'entendre !
Eh bien ! si de ce jour parmi nous tu n'es plus,
Ton âme magnanime est au sein des élus ;
Et là, des mains de Dieu, ton sacrifice immense
Reçoit, en ce moment, sa juste récompense.

Oui, Lincoln, plus heureux que le faible mortel,

Tu jouis, dans le ciel d'un bonheur éternel,

Et, désirant encor que ta chère Amérique

Continue, en ton nom, ta douce politique,

Tu pardonnes ta mort au Sud audacieux,

En lui tendant les bras assis au haut des cieux.

O vous, qui gouvernez du haut de votre trône ;

Vous dont le front royal est ceint d'une couronne,

Bénissez avec nous l'honnête citoyen

Qui fit tout pour son peuple et pour lui ne fit rien !

Vous savez qu'il fut juste, et que, comme Aristide,

Il prit pour gouverner son noble cœur pour guide.

Libre du sceptre d'or et du faste pompeux,

Il n'en fut que plus grand et plus cher à nos yeux.

Oui, ce héros si doux, que l'univers contemple,

Par son humanité peut vous servir d'exemple.

Hélas ! c'est pour avoir voulu la liberté,

Et proclamé bien haut la sainte égalité,

Qu'un peuple ambitieux, cédant à sa colère,

Pousse un cri de révolte et s'arme pour la guerre.

C'est pour avoir voulu l'honneur d'un peuple ingrat,

Qu'il tombe tout sanglant aux pieds d'un scélérat !

Ah ! l'Europe éplorée et d'horreur frissonnante
Pleure encore aujourd'hui la victime innocente,
Revoit, dans sa pensée, et le grand citoyen,
Et l'homme généreux qui fit tout pour le bien !

Repose en paix, Lincoln, repose dans ta tombe :
Quand, sous les coups d'un lâche un bienfaiteur succombe,
Le peuple consterné, gémissant sur son sort,
Par un deuil général venge aussitôt sa mort.
Repose. Ta patrie, honorant ta mémoire,
Viendra sur ton tombeau méditer ton histoire,
Et la postérité, fixant les yeux sur toi,
Te verra plus humain et plus chéri qu'un roi.